AF728267

BIBLIOTHÈQUE PRIMAIRE A 2 SOUS.

# ÉLÉMENS
DE
# LA GRAMMAIRE FRANÇAISE,

Par Lhomond.

A L'USAGE
DES ÉCOLES PRIMAIRES,

PRIX : 2 sous, broché ; 3 sous, cartonné.

DEUXIÈME ÉDITION.

PARIS,
CHEZ PAUL DUPONT ET Cie,
DIRECTEUR DE LA LIBRAIRIE NORMALE D'ÉDUCATION,
Rue de Grenelle-St-Honoré, n. 55;
Et chez L. HACHETTE, rue Pierre-Sarrazin, n. 12.

1835.

## LIBRAIRIE NORMALE D'ÉDUCATION.

### LIVRES A 2 SOUS.

Manuel de Lecture.
1er Livre de Lecture.
2e Livre de Lecture (*autographié*).
3e Livre de lecture (*Télémaque*).
Livre de Prières.
Les Évangiles.
Histoire Sainte.
Petit Traité de Morale.
Choix de Fables.
Grammaire de Lhomond.
Géographie générale.
Géographie de la France.
Arithmétique.
Histoire de France, 2 vol.
Histoire naturelle, 2 vol.
Petite Physique.
Traité d'Arpentage.
Poids et Mesures.
Découvertes et Inventions.
*Les mêmes*, cartonnés, 3 sous.

### BIBLIOTHÈQUE DE L'INSTITUTEUR PRIMAIRE,

*par M. de la Palme*,

25 vol. in-18, à 1 fr. le vol., 25 fr.

| | |
|---|---|
| Lectures. Promenades (imp. en 3 sortes de caractères) . . | 1 v. |
| — Tableaux du monde, proverbes (lithographiés en plusieurs écritures) . . . . | 1 » |
| — Morale de l'exemple . . . | 1 » |
| — Prières . . . . . . . . . . . . . | 1 » |
| — 52 dimanches . . . . . . . . | 1 » |
| — Veillées du village . . . . . | 1 » |
| Grammaire française . . . . . | 1 » |
| Arithmétique . . . . . . . . . . | 1 » |
| Géographie de la France . . | 1 » |
| Géographie générale . . . . . | 1 » |
| Hist. sainte. Récits de la Bible | 2 » |
| — Évangile . . . . . . . . . . . | 1 » |
| — Morale de la Bible et de l'Évangile . . . . . . . . . . . | 1 » |
| Histoire de France . . . . . . . | 4 » |
| Biographie des rois et des hommes illustres de France, depuis Clovis jusqu'à Louis XVIII . . . . . . . . . . . . . . . | 2 » |
| Hist. Natur. Plantes . . . . . | 1 » |
| — Mammifères . . . . . . . . . | 1 » |
| — Oiseaux, Reptiles, etc. | 1 » |
| — Géologie, Minéralogie. | 1 » |
| — Météorologie . . . . . . . . | 1 » |
| | 25 v. |

IMPRIMERIE DE PAUL DUPONT ET Cie,
Rue de Grenelle-St-Honoré, n. 55.

# ÉLÉMENS

DE

# LA GRAMMAIRE FRANÇAISE.

## INTRODUCTION.

La grammaire est l'art de parler et d'écrire correctement. Pour parler et pour écrire on emploie des mots : les mots sont composés de lettres.

Il y a deux sortes de lettres, les *voyelles* et les *consonnes*.

Les voyelles sont *a*, *e*, *i*, *o*, *u* et *y*. On les appelle *voyelles* parce que, seules, elles forment une voix, un son.

Il y a trois sortes d'*e*; *e* muet, *é* fermé, *è* ouvert.

L'e *muet*, comme à la fin de ces mots : *pipe*, *loge*.

L'é *fermé*, comme à la fin de ces mots, *bonté*, *café*.

L'è *ouvert*, comme à la fin de ces mots, *procès*, *accès*, *succès*.

L'*y* s'emploie le plus souvent pour deux *i*, comme dans *pays*, *moyen*: prononcez *pai-is*, *moi-ien*.

Il y a dix-huit consonnes; savoir : *b*, *c*, *d*, *f*, *g*, *j*, *k*, *l*, *m*, *n*, *p*, *q*, *r*, *s*, *t*, *v*, *x*, *z*. Ces lettres s'appellent *consonnes* parce qu'elles ne forment un son qu'avec le secours des voyelles, comme *ba*, *bé*, *bi*, *bo*, *bu* : *ca*, *cé*, *ci*, *co*, *cu* : *da*, *dé*, *di*, *do*, *du*, etc.

La lettre *h* ne se prononce pas dans certains mots, l'*homme*, l'*honneur*, l'*histoire*, etc., qu'on prononce comme s'il y avait l'*omme*, l'*onneur*, l'*istoire*; alors on l'appelle *h muette*.

Mais dans les mots suivans : la *haine*, le *hameau*, le *héros*, la lettre *h* fait prononcer du gosier la voyelle qui suit; alors on l'appelle *h aspirée* : ainsi l'on écrit et l'on prononce séparément les deux mots *la haine*, et non pas *l'haine ; les héros*, et non pas comme s'il y avait *les zhéros.*

### *Des voyelles longues et brèves.*

Les voyelles *longues* sont celles sur lesquelles on appuie plus long-temps que sur les autres en les prononçant.

Les voyelles *brèves* sont celles sur lesquelles on appuie moins long-temps.

Par exemple, *a* est long dans *pâte* pour faire du pain, il est bref dans *patte* d'animal.

*e* est long dans *tempête*, il est bref dans *trompette.*

*i* est long dans *gîte* et bref dans *petite.*

*o* est long dans *apôtre* et bref dans *dévote.*

*u* est long dans *flûte* et bref dans *butte.*

Pour marquer les différentes sortes d'*e* et les voyelles longues, on emploie trois petits signes que l'on appelle *accens*; savoir : l'accent *aigu* (´), qui se met sur les *é* fermés, *bonté*; l'accent *grave* (`), qui se met sur les *è* ouverts, *accès*; et l'accent *circonflexe* (^), qui se met sur la plupart des voyelles longues, *apôtre.*

Il y a en français dix sortes de mots qu'on appelle les *parties du discours*; savoir : le *nom*, l'*article*, l'*adjectif*, le *pronom*, le *verbe*, le *participe*, la *préposition*, l'*adverbe*, la *conjonction* et l'*interjection.*

---

## CHAPITRE Ier. — Le Nom.

Le *nom* est un mot qui sert à nommer une personne ou une chose, comme *Pierre, Paul*, *livre*, *chapeau.*

Il y a deux sortes de noms, le nom *commun* et le nom *propre.*

Le nom *commun* est celui qui convient à plusieurs personnes ou à plusieurs choses semblables : *homme, cheval, maison*, sont des noms communs, car le nom *homme* convient à Pierre, à Paul, etc.

Le nom *propre* est celui qui ne convient qu'à une

seule personne ou à une seule chose, comme *Adam*, *Ève*, *Paris*, *la Seine*.

Dans les noms il faut considérer le *genre* et le *nombre*.

Il y a en français deux genres, le *masculin* et le *féminin*. Les noms d'hommes ou de mâles sont du genre masculin, comme un *roi*, un *lion* : les noms de femmes ou de femelles sont du genre féminin, comme une *reine*, une *lionne*. Ensuite, par imitation, l'on a donné le genre masculin ou le genre féminin à des choses qui ne sont ni mâles ni femelles, comme un *livre*, une *table*, le *soleil*, la *lune*.

Il y a deux nombres, le *singulier* et le *pluriel* : le singulier quand on parle d'une seule personne ou d'une seule chose, comme un *homme*, un *livre* ; le pluriel quand on parle de plusieurs personnes ou de plusieurs choses, comme les *hommes*, les *livres*.

*Comment se forme le pluriel dans les noms.*

Règle générale. — Pour former le pluriel, ajoutez *s* à la fin du nom : le *roi*, les *rois* ; la *reine*, les *reines* ; le *livre*, les *livres* ; la *table*, les *tables*.

*Première remarque.* Les noms terminés au singulier par *s*, *z*, *x*, n'ajoutent rien au pluriel : le *fils*, les *fils* ; le *nez*, les *nez* ; la *voix*, les *voix*.

*Deuxième remarque.* Les noms terminés au singulier par *au*, *eu*, *ou*, prennent *x* au pluriel : le *bateau*, *les bateaux* ; le *feu*, les *feux* ; le *caillou*, les *cailloux*.

*Troisième remarque.* La plupart des noms terminés au singulier par *al*, *ail*, font leur pluriel en *aux* : le *mal*, les *maux* ; le *cheval*, les *chevaux* ; le *travail*, les *travaux*. ( Excepté *détails*, *éventails*, *portails*, *gouvernails*, *camails*, *épouvantails*. ) *Aïeul*, *ciel*, *œil*, font au pluriel *aïeux*, *cieux*, *yeux*.

## CHAPITRE II. — L'Article *le*, *la*, *les*.

L'*article* est un petit mot que l'on met devant les

noms communs, et qui en fait connaître le genre et le nombre.

Nous n'avons qu'un article, *le*, *la*, au singulier; *les*, au pluriel. *Le* se met devant un nom singulier masculin, *le père; la* se met devant un nom singulier féminin, *la mère ; les* se met devant tous les noms pluriels, soit masculins, soit féminins, *les pères*, *les mères*. Ainsi, l'on connaît qu'un nom est du genre masculin, quand on peut mettre *le* devant ce nom : on connaît qu'un nom est du genre féminin quand on peut mettre *la*.

Il y a deux remarques à faire sur l'article.

*Première remarque*. On retranche *e* dans le mot *le*, on retranche *a* dans *la*, quand le mot suivant commence par une voyelle ou une *h* muette.

Ainsi l'on dit *l'argent* pour *le argent*, *l'histoire* pour *la histoire;* mais alors on met à la place de la lettre retranchée cette petite figure (') qu'on appelle *apostrophe*.

*Deuxième remarque*. Pour joindre un nom à un mot précédent, on met *de* ou *à* devant ce nom; *fruit* de *l'arbre; utile* à *l'homme*.

Alors, au lieu de mettre *de le* devant un nom masculin singulier qui commence par une consonne, on met *du*.

Au lieu de *à le*, on met *au*.

Devant un nom pluriel, *de les* se change en *des*; *à les* se change en *aux*. Exemples :

Singulier masculin. — *Le* roi; palais *du* roi, pour *de le* roi; je plais *au* roi, pour *à le* roi.

Pluriel masculin. — *Les* rois; palais *des* rois, pour *de les* rois; je plais *aux* rois, pour *à les* rois.

Singulier féminin. — *La* reine, *de la* reine, *à la* reine.

Pluriel féminin. — *Les* reines; *des* reines, pour *de les* reines; *aux* reines, pour *à les* reines.

Au contraire *de* et *à* devant *la* ne se changent jamais.

## CHAPITRE III. — L'Adjectif.

L'*adjectif* est un mot que l'on ajoute au nom pour marquer la qualité d'une personne ou d'une chose, comme *bon* père, *bonne* mère; *beau* livre, *belle* image: ces mots *bon*, *bonne*, *beau*, *belle*, sont des adjectifs joints aux noms *père*, *mère*, etc.

On connaît qu'un mot est adjectif quand on peut y joindre le mot personne ou chose : ainsi, *habile*, *agréable*, sont des adjectifs, parce qu'on peut dire *personne habile*, *chose agréable*.

Les adjectifs ont les deux genres, *masculin* et *féminin*. Cette différence de genres se marque ordinairement par la dernière lettre.

*Comment se forme le féminin dans les adjectifs.*

Règle générale. — Quand un adjectif ne finit point par un *e* muet, on y ajoute un *e* muet pour former le féminin : *prudent*, *prudente* ; *saint*, *sainte* ; *méchant*, *méchante*; *petit*, *petite*; *grand*, *grande*; *poli*, *polie* ; *vrai*, *vraie* , etc.

Exceptions. — 1re *exception*. Les adjectifs suivans : *cruel*, *pareil*, *fol*, *mol*, *ancien*, *bon*, *gras*, *gros*, *nul*, *net*, *sot*, *épais*, etc., doublent au féminin leur dernière consonne avec l'*e* muet : *cruelle*, *pareille*, *folle*, *molle*, *ancienne*, *bonne*, *grasse*, *grosse*, *nulle*. *nette*, *sotte*, *épaisse*.

*Beau* et *nouveau* font au féminin *belle*, *nouvelle*, parce qu'au masculin on dit aussi *bel*, *nouvel*, devant une voyelle ou une *h* muette : *bel oiseau*, *bel homme*, *nouvel appartement*.

2e *exception*. *Blanc*, *franc*, *sec*, *frais*, font au féminin, *blanche*, *franche*, *sèche*, *fraîche*.

*Public*, *caduc*, font *publique*, *caduque*.

3e *exception*. Les adjectifs *bref*, *naïf*, font au féminin *brève*, *naïve*, en changeant *f* en *v* ; *long* fait *longue*.

4e *exception*. *Malin*, *bénin*, font *maligne*, *bénigne*.

5e *exception.* Les adjectifs en *eur* font ordinairement leur féminin en *euse: trompeur, trompeuse; parleur, parleuse; chanteur, chanteuse;* cependant *pécheur* fait *pécheresse*, *acteur* fait *actrice*, *protecteur* fait *protectrice.*

6e *exception.* Les adjectifs terminés en *x* se changent en *se: dangereux, dangereuse; honteux, honteuse; jaloux, jalouse,* etc.; cependant *doux* fait *douce; roux* fait *rousse.*

*Comment se forme le pluriel.*

Le pluriel dans les adjectifs se forme comme dans les noms en ajoutant *s* à la fin : *bon, bonne;* au pluriel, *bons, bonnes*, etc.

Mais la plupart des adjectifs qui finissent par *al* n'ont pas de pluriel masculin, comme *filial, fatal, pascal, pastoral, naval, trivial, littéral, austral, boréal, final.*

ACCORD DES ADJECTIFS AVEC LES NOMS.

*Règle.* Tout adjectif doit être du même genre et du même nombre que le nom auquel il se rapporte.

EXEMPLES : *Le bon père, la bonne mère; bon* est du masculin et du singulier, parce que *père* est du masculin et du singulier : *bonne* est du féminin et du singulier, parce que *mère* est du féminin et du singulier.

*De beaux jardins, de belles fleurs: beaux* est du masculin et au pluriel, parce que *jardins* est du masculin et au pluriel, etc.

Quand un adjectif se rapporte à deux noms singuliers, on met cet adjectif au pluriel, parce que deux singuliers valent un pluriel.

EXEMPLE : *Le roi et le berger sont égaux après la mort* (et non pas *égal*).

Si les deux noms sont de différens genres, on met l'adjectif au masculin.

EXEMPLE : *Mon père et ma mère sont* contens (et non pas *contentes*).

Quant à la place des adjectifs, il y en a qui se mettent devant le nom, comme *beau* jardin, *grand* arbre, etc. D'autres se mettent après le nom, comme *habit* rouge, *table* ronde, etc. L'usage est le seul guide à cet égard.

### RÉGIME DES ADJECTIFS (1).

*Règle.* Pour joindre un nom à un adjectif précédent, on met *de* ou *à* entre cet adjectif et le nom : alors on appelle ce nom le *régime* de l'adjectif.

EXEMPLES : *Digne de récompense, content de son sort, utile à l'homme, semblable à son père, propre à la guerre. Récompense* est le régime de l'adjectif *digne*, parce qu'il est joint à cet adjectif par le mot *de*. *L'homme* est le régime de l'adjectif *utile*, parce qu'il est joint à cet adjectif par le mot *à*.

### *Degrés de signification dans les adjectifs.*

On distingue dans les adjectifs trois degrés de signification, le *positif*, le *comparatif* et le *superlatif*.

Le *positif* n'est autre chose que l'adjectif même, comme *beau*, *belle*, *agréable*.

Le *comparatif*, c'est l'adjectif avec comparaison : quand on compare deux choses, on trouve que l'une est ou supérieure, ou inférieure, ou égale à l'autre.

Pour marquer un comparatif de *supériorité*, on met *plus* devant l'adjectif, comme *la rose est* plus *belle que la violette.*

Pour marquer un comparatif d'*infériorité*, l'on met *moins* devant l'adjectif, comme *la violette est* moins *belle que la rose.*

---

(1) La manière d'accorder un mot avec un autre mot, ou de faire régir un mot par un autre mot, s'appelle *syntaxe*; ainsi, la syntaxe est la manière de joindre les mots ensemble. Il y a deux sortes de syntaxes : la syntaxe d'*accord*, par laquelle on fait accorder deux mots en genre, en nombre, etc ; la syntaxe de *régime*, par laquelle un mot régit *de* et *à* devant un autre mot.

Pour marquer un comparatif d'*égalité*, on met *aussi* devant l'adjectif, comme *la rose est* aussi *belle que la tulipe.*

Le mot *que* sert à joindre les deux choses que l'on compare.

Nous avons trois adjectifs qui expriment seuls une comparaison : *meilleur*, au lieu de *plus bon*, qui ne se dit pas : *moindre* au lieu de *plus petit*; *pire* au lieu de *plus mauvais* : comme *la vertu est* meilleure *que la science; le mensonge est* pire *que l'indocilité.*

L'adjectif est au *superlatif* quand il exprime la qualité dans un très haut degré ou dans le plus haut degré. Pour former le superlatif, on met *très* ou *le plus* devant l'adjectif, comme *Paris est une* très *belle ville*, et alors le superlatif s'appelle *absolu*; ou *Paris est* la plus *belle des villes*, et ce superlatif s'appelle *relatif*, parce qu'il marque un rapport aux autres villes.

### *Noms et adjectifs de nombre.*

Les noms de nombre sont ceux dont on se sert pour compter.

Il y en a de deux sortes : les noms de nombre *cardinaux*, et les noms de nombre *ordinaux*.

Les noms de nombre *cardinaux* sont : *un*, *deux*, *trois*, *quatre*, *cinq*, *six*, *sept*, *huit*, *neuf*, etc.

Les noms de nombre *ordinaux* se forment des cardinaux; ces noms sont : *premier*, *second*, *troisième*, *quatrième*, *cinquième*, *sixième*, *septième*, *huitième*, *neuvième*, *dixième*, etc.

Il y a des noms de nombre qui servent à marquer une certaine quantité, comme une *dizaine*, une *douzaine*, etc.

Il y en a encore d'autres qui marquent les parties d'un tout, comme la *moitié*, le *tiers*, le *quart*, etc.

Enfin, il y en a qui servent à multiplier, comme le *double*, le *triple*, etc.

## CHAPITRE IV. — Du Pronom.

Le *pronom* est un mot qui tient la place du nom.

*Pronoms personnels.*

Les pronoms *personnels* sont ceux qui désignent les personnes.

Il y a trois personnes : la première personne est celle qui parle ; la seconde est celle à qui l'on parle ; la troisième personne est celle de qui l'on parle.

*Pronom de la première personne.*

Ce pronom est des deux genres ; masculin, si c'est un homme qui parle ; féminin, si c'est une femme. Exemples :

Singulier. Je *ou* moi.

| | |
|---|---|
| Me, *se dit pour* à moi, moi. | *Le maître* me *donnera un livre*, c'est-à-dire *donnera* à moi. *Le maître* me *regarde*, c'est-à-dire *regarde* moi. |

Pluriel. Nous.

*Pronom de la seconde personne.*

Il est des deux genres ; masculin, si c'est à un homme qu'on parle ; féminin, si c'est à une femme. Exemples :

Singulier. Tu *ou* toi.

| | |
|---|---|
| Te, *se dit pour* à toi, toi. | *Le maître* te *donnera un livre*, c'est-à-dire *donnera* à toi. *Le maître* te *regarde*, c'est-à-dire *regarde* toi. |

Pluriel. Vous.

*Remarque.* Par politesse on dit *vous* au lieu de *tu* au singulier ; par exemple, en parlant à un enfant : *Vous* êtes bien aimable.

*Pronom de la troisième personne.* — Exemples :

Singulier. *Masculin,* Il. *Féminin,* Elle.

| | |
|---|---|
| Lui, *se dit pour* à lui, à elle. | *Je* lui *dois le respect*, c'est-à-dire *je dois* à lui, à elle |

| | |
|---|---|
| *Masculin*, Le. | *Je* le *connais*, c'est-à-dire *je connais* lui. |
| *Féminin* La. | *Je* la *connais*, c'est-à-dire *je connais* elle. |

PLURIEL. *Masculin*, Ils *ou* eux. *Féminin*, Elles.

| | |
|---|---|
| Leur, *se dit pour* à eux, à elles. | *Je* leur *dois le respect*, c'est-à-dire *je dois* à eux, à elles. |
| Les, *se dit pour* eux, elles. | *Je* les *connais*, c'est-à-dire *je connais* eux, elles. |

Il y a encore un pronom de la troisième personne, *soi*, *se*; il est des deux genres et des deux nombres : on l'appelle *pronom réfléchi*, parce qu'il marque le rapport d'une personne à elle-même. EXEMPLES :

*De* soi.

| | |
|---|---|
| Se, *se met pour* à soi, soi. | *Il* se *donne des louanges*, c'est-à-dire *il donne* à soi. |
| | *Il* se *flatte*, c'est-à-dire *il flatte* soi. |

Il y a deux mots qui servent de pronoms : SAVOIR :

1° *En*, qui signifie *de lui*, *d'elle*, *d'eux*, *d'elles* : ainsi quand on dit, *j'en parle*, on peut entendre, *je parle* de lui, d'elle, etc., selon la personne ou la chose dont le nom a été exprimé auparavant.

2° *Y*, qui signifie *à cette chose*, *à ces choses*, comme quand on dit : *je m'y applique*, c'est-à-dire, *je m'applique* à cette chose, à ces choses.

### *Règle des pronoms.*

Les pronoms, *il*, *elle*, *ils*, *elles*, doivent toujours être du même genre et du même nombre que le nom dont ils tiennent la place : ainsi, en parlant de la tête, dites : Elle *me fait mal*; *elle*, parce que ce pronom se rapporte à *tête*, qui est du féminin et au singulier ; et, en parlant de plusieurs jardins, dites : Ils *sont beaux*; *ils*, parce que ce pronom se rapporte à *jardins*, qui est du masculin et au pluriel.

### *Pronoms adjectifs.*

Il y a des pronoms adjectifs qui marquent la

possession d'une chose, comme *mon* livre, *votre* cheval, *son* chapeau; c'est-à-dire le livre *qui est à moi*, le cheval *qui est à vous*, le chapeau *qui est à lui.*

| SINGULIER. | | PLURIEL. |
|---|---|---|
| *Masculin.* | *Féminin.* | *Des deux genres.* |
| Mon. | Ma. | Mes. |
| Ton. | Ta. | Tes. |
| Son. | Sa. | Ses. |
| *Des deux genres.* | Notre. | Nos. |
| | Votre. | Vos. |
| | Leur. | Leurs. |

*Première remarque.* Ces pronoms sont toujours joints à un nom, *mon livre, ton chapeau.*

*Deuxième remarque. Mon, ton, son,* s'emploient au féminin devant une voyelle ou une *h* muette : on dit *mon* ame pour *ma* ame, *ton* humeur pour *ta* humeur, *son* épée pour *sa* épée.

*Autre pronom.*

| SINGULIER. | | PLURIEL. | |
|---|---|---|---|
| *Masculin.* | *Féminin.* | *Masculin* | *Féminin.* |
| Le mien. | La mienne. | Les miens. | Les miennes. |
| Le tien. | La tienne. | Les tiens. | Les tiennes. |
| Le sien. | La sienne. | Les siens. | Les siennes. |
| Le nôtre. | La nôtre. | *Des deux genres.* | Les nôtres. |
| Le vôtre. | La vôtre. | | Les vôtres. |
| Le leur. | La leur. | | Les leurs. |

Il y a des pronoms adjectifs qui servent à montrer la chose dont on parle, comme quand je dis : *ce* livre, *cette* table, je montre un *livre*, une *table.*

| SINGULIER. | | PLURIEL. | |
|---|---|---|---|
| *Masculin.* | *Féminin.* | *Masculin.* | *Féminin.* |
| Ce, cet. | Cette. | Ces. | Ces. |
| Celui. | Celle. | Ceux. | Celles. |
| Celui-ci. | Celle-ci. | Ceux-ci. | Celles-ci. |
| Celui-là. | Celle-là. | Ceux-là. | Celles-là. |
| Ceci. | | | |
| Cela. | | | |

*Remarque.* On met *ce* devant les noms qui commencent par une consonne ou une *h* aspirée : *ce* village, *ce* hameau. On met *cet* devant une voyelle ou une *h* muette : *cet* oiseau, *cet* homme.

*Celui-ci*, *celle-ci*, s'emploient pour montrer des choses qui sont proches : *celui-là*, *celle-là*, pour montrer des choses éloignées.

Il y a des pronoms *relatifs*, c'est-à-dire qui ont rapport à un nom qui est devant ; comme quand je dis : *Dieu* qui *a créé le monde; qui* se rapporte à Dieu : *le livre* que *je lis ; que* se rapporte à *livre* : le mot auquel *qui* ou *que* se rapporte s'appelle *antécédent*. Dans les deux exemples ci-dessus, *Dieu* est l'antécédent du pronom relatif *qui*; *livre* est l'antécédent du pronom relatif *que*.

*Pronom relatif.*

| | |
|---|---|
| Qui<br>Dont *ou* de qui<br>Que | *des deux genres et des deux nombres.* |

*Règle du qui ou que relatif.*

*Qui*, *que*, *relatif*, s'accorde avec son antécédent en *genre*, en *nombre* et en *personne* ; ainsi, dans cet exemple : *l'enfant* qui *joue*; *qui* est du singulier et de la troisième personne, parce que *l'enfant* est du singulier et de la troisième personne ; il est du masculin, si c'est un petit garçon qui joue ; il est du féminin, si c'est une petite fille.

Il y a des pronoms *interrogatifs* : *qui? que? quel? quelle?* comme quand on dit : qui *a fait cela?* que *vous dirai-je? Qui* ou *que* est interrogatif quand il n'a point d'antécédent, et qu'on peut le tourner par *quelle personne?* ou *quelle chose?* Dans les deux exemples ci-dessus on peut dire : *quelle personne* a fait cela? *quelle chose* vous dirai-je?

*Pronoms indéfinis, c'est-à-dire qui signifient d'une manière générale.*

Il y a quatre sortes de pronoms *indéfinis*.

1° Ceux qui ne se joignent jamais à un nom, comme : *on*, *quelqu'un*, *quelqu'une*, *quiconque*, *chacun*, *chacune*, *autrui*, *personne*, *rien*. Quand je dis : *on frappe à la porte;* quelqu'un *vous appelle ;* je parle d'une personne, mais je ne désigne pas quelle elle est.

2° Ceux qui sont toujours joints à un nom, comme : *quelque*, *chaque*, *quelconque*, *certain*, *certaine ;* exemples : *quelque* nouvelle, *certain* auteur.

3° Ceux qui sont tantôt joints à un nom, tantôt seuls, comme : *nul*, *nulle ;* *aucun*, *aucune ;* *l'un*, *l'autre ;* *même ;* *tel*, *telle ;* *plusieurs ;* *tout*, *toute*.

4° Ceux qui sont suivis de *que*, comme, *qui* que ce soit, *quoi* que ce soit, *quel*, *quelle* que; par exemple : *quel* que soit votre mérite, *quelle* que soit votre fortune. *Quoi* que ; par exemple : *quoi* que vous fassiez. *Quelque....* que ; par exemple : *quelques* richesses que vous ayez. *Tout....* que ; *toute....* que ; par exemple : *tout* savant que vous êtes, la campagne *toute* belle qu'elle est.

## CHAPITRE V. — Le Verbe.

Le *verbe* est un mot dont on se sert pour exprimer que l'on est ou que l'on fait quelque chose : ainsi le mot *être*, *je suis*, est un verbe ; le mot *lire*, *je lis*, est un verbe.

On connaît un verbe en français quand on peut y ajouter ces pronoms, *je*, *tu*, *il*, *nous*, *vous*, *ils;* comme je *lis*, tu *lis*, il *lit ;* nous *lisons*, vous *lisez*, ils *lisent*.

Les pronoms *je*. *nous*, marquent la première personne, c'est-à-dire celle qui parle ; *tu*, *vous*, marquent la seconde personne, c'est-à-dire celle à qui l'on parle ; *il*, *elle*, *ils*, *elles*, et tout nom placé devant un verbe, marquent la troisième personne, c'est-à-dire celle de qui l'on parle.

Il y a dans les verbes deux nombres ; le *singulier* quand on parle d'une seule personne, comme *je lis*, *l'enfant dort :* le *pluriel* quand on parle de plusieurs personnes, comme *nous lisons*, *les enfans dorment*.

Il y a trois temps, le *présent*, qui marque que la

chose est ou se fait actuellement, comme *je lis;* le *passé* ou *prétérit*, qui marque que la chose a été faite, comme *j'ai lu;* le *futur*, qui marque que la chose sera faite ou se fera, comme *je lirai.*

On distingue plusieurs sortes de prétérits ou passés, savoir : un *imparfait*, *je lisais;* trois *parfaits*, *je lus*, *j'ai lu*, *j'eus lu;* et un *plus-que-parfait* *j'avais lu.*

On distingue aussi deux futurs, le futur *simple*, *je lirai;* et le futur *passé*, *j'aurai lu.*

Il y a cinq *modes* ou manières de signifier dans les verbes français.

1° L'*indicatif*, quand on affirme que la chose est, ou qu'elle a été, ou qu'elle sera.

2° Le *conditionnel*, quand on dit qu'une chose serait, ou qu'elle aurait été, moyennant une condition.

3° L'*impératif*, quand on commande de la faire.

4° Le *subjonctif*, quand on souhaite ou qu'on doute qu'elle se fasse.

5° L'*infinitif*, qui exprime l'action ou l'état en général, sans nombres, ni personnes, comme *lire*, *être.*

Réciter de suite les différens modes d'un verbe avec tous leurs temps, leurs nombres et leurs personnes, cela s'appelle *conjuguer.*

Il y a en français quatre conjugaisons différentes, que l'on distingue par la terminaison de l'infinitif.

La 1re conjugaison a l'infinitif terminé en *er*, comme *aimer.*

La 2e a l'infinitif terminé en *ir*, comme *finir.*

La 3e a l'infinitif terminé en *oir*, comme *recevoir.*

La 4e a l'infinitif terminé en *re*, comme *rendre.*

Il y a deux verbes que l'on nomme *auxiliaires*, parce qu'ils aident à conjuguer tous les autres : nous commencerons par ces deux verbes.

---

## VERBE AUXILIAIRE *AVOIR*.

### INDICATIF.

*Présent.* — *Sing.* J'ai. — Tu as. — Il *ou* elle a. — *Plur.* Nous avons. —

Vous avez.—Ils *ou* elles ont.

*Imparfait.* — J'avais. — Tu avais. — Il *ou* elle avait. — Nous avions. — Vous aviez. — Ils *ou* elles avaient.

*Prétérit défini* (1).—J'eus. — Tu eus. — Il eut. — Nous eûmes. — Vous eûtes. — Ils eurent.

*Prétérit indéfini.* — J'ai eu. — Tu as eu. — Il a eu.—Nous avons eu.—Vous avez eu. — Ils ont eu.

*Prétérit antérieur.*—J'eus eu. — Tu eus eu. — Il eut eu. — Nous eûmes eu. — Vous eûtes eu. — Ils eurent eu.

*Plus-que-parfait.* — J'avais eu. — Tu avais eu. — Il avait eu. — Nous avions eu. — Vous aviez eu. — Ils avaient eu.

*Futur.* — J'aurai. — Tu auras. — Il aura. — Nous aurons. — Vous aurez. — Ils auront.

*Futur passé.*—J'aurai eu. — Tu auras eu. — Il aura eu. — Nous aurons eu. — Vous aurez eu. — Ils auront eu.

CONDITIONNEL.

*Présent.* — J'aurais. — Tu aurais. — Il aurait. — Nous aurions. — Vous auriez. — Ils auraient.

*Passé.* — J'aurais eu. — Tu aurais eu. — Il aurait eu. — Nous aurions eu. — Vous auriez eu. — Ils auraient eu.

On dit aussi : *j'eusse eu, tu eusses eu, il eût eu, nous eussions eu, vous eussiez eu, ils eussent eu.*

IMPÉRATIF.

*Point de première personne.* — Aie. — Qu'il ait. — Ayons. — Ayez. — Qu'ils aient.

SUBJONCTIF.

*Présent* ou *futur.* — Que j'aie. — Que tu aies. — Qu'il ait. — Que nous ayons. — Que vous ayez. — Qu'ils aient.

*Imparfait.* — Que j'eusse. — Que tu eusses. — Qu'il eût. — Que nous eussions. — Que vous eussiez. — Qu'ils eussent.

*Prétérit.* — Que j'aie eu. — Que tu aies eu. — Qu'il

---

(1) On appelle prétérit *défini* celui qui marque un temps entièrement passé ; exemple : *j'eus hier la fièvre.* On appelle prétérit *indéfini* celui qui marque un temps dont il peut rester encore quelque partie à s'écouler ; exemple : *j'ai eu la fièvre aujourd'hui.* On appelle prétérit *antérieur* celui qui marque une chose faite avant une autre ; exemple : *dès que nous eûmes vu la fête, nous partîmes.*

ait eu. — Que nous ayons eu. — Que vous ayez eu. — Qu'ils aient eu.

*Plus-que-parfait.* — Que j'eusse eu. — Que tu eusses eu. — Qu'il eût eu. — Que nous eussions eu. — Que vous eussiez eu. — Qu'ils eussent eu.

INFINITIF.

*Présent.* — Avoir.
*Preterit.* — Avoir eu.

PARTICIPES.

*Présent.* — Ayant.

*Passé.* — Eu, eue, ayant eu.

*Futur.* — Devant avoir.

---

## VERBE AUXILIAIRE *ÊTRE*.

INDICATIF.

*Présent.* — Je suis. — Tu es. — Il *ou* elle est. — Nous sommes. — Vous êtes. — Ils *ou* elles sont.

*Imparfait.* J'étais. — Tu étais. — Il *ou* elle était. — Nous étions. — Vous étiez. — Ils *ou* elles étaient.

*Prétérit défini.* — Je fus. — Tu fus. — Il fut. — Nous fûmes. — Vous fûtes. — Ils furent.

*Prétérit indéfini.* — J'ai été. — Tu as été. — Il a été. — Nous avons été. — Vous avez été. — Ils ont été.

*Preterit antérieur.* — J'eus été. — Tu eus été. — Il eut été. — Nous eûmes été. — Vous eûtes été. — Ils eurent été.

*Plus-que-parfait.* — J'avais été. — Tu avais été. — Il avait été. — Nous avions été. — Vous aviez été. — Ils avaient été.

*Futur.* — Je serai. — Tu seras. — Il sera. — Nous serons. — Vous serez. — Ils seront.

*Futur passé.* — J'aurai été. — Tu auras été. — Il aura été. — Nous aurons été. — Vous aurez été. — Ils auront été.

CONDITIONNEL.

*Présent.* — Je serais. — Tu serais. — Il serait. — Nous serions. — Vous seriez. — Ils seraient

*Passé.* — J'aurais été. — Tu aurais été. — Il aurait été. — Nous aurions été. — Vous auriez été. — Ils auraient été.

On dit aussi: *J'eusse été, tu eusses été, il eût été, nous eussions été, vous eussiez été, ils eussent été.*

IMPÉRATIF.

*Point de première personne.* — Sois. — Qu'il soit. — Soyons. — Soyez. — Qu'ils soient.

SUBJONCTIF.

*Présent* ou *futur*.—Que je sois. — Que tu sois. — Qu'il soit. – Que nous soyons. — Que vous soyez. — Qu'ils soient.

*Imparfait.*—Que je fusse — Que tu fusses. — Qu'il fût. — Que nous fussions. — Que vous fussiez. — Qu'ils fussent.

*Prétérit.* — Que j'aie été. — Que tu aies été. — Qu'il ait été. — Que nous ayons été.—Que vous ayez été.— Qu'ils aient été.

*Plus-que-parfait.* — Que j'eusse été. — Que tu eusses été. — Qu'il eût été. — Que nous eussions été. — Que vous eussiez été. — Qu'ils eussent été.

INFINITIF.

*Présent.* — Être.
*Prétérit.* Avoir été.

PARTICIPES.

*Présent.* — Étant.
*Passé.* — Été, ayant été.
*Futur.* — Devant être.

---

PREMIÈRE CONJUGAISON, *en* ER.

INDICATIF.

*Présent.* — J'aime. — Tu aimes. — Il *ou* elle aime. – Nous aimons. — Vous aimez. — Ils *ou* elles aiment.

*Imparfait.* — J'aimais. — Tu aimais. — Il *ou* elle aimait. — Nous aimions. — Vous aimiez. — Ils *ou* elles aimaient.

*Prétérit défini.*— J'aimai. — Tu aimas. — Il aima. — Nous aimâmes. — Vous aimâtes. — Ils aimèrent.

*Prétérit indéfini.* — J'ai aimé. — Tu as aimé. — Il a aimé. —Nous avons aimé. — Vous avez aimé. — Ils ont aimé.

*Prétérit antérieur.*—J'eus aimé. — Tu eus aimé. — Il eut aimé. — Nous eûmes aimé. — Vous eûtes aimé. — Ils eurent aimé (1).

*Plus-que-parfait.* — J'avais aimé. — Tu avais aimé. — Il avait aimé. — Nous avions aimé. — Vous aviez aimé. — Ils avaient aimé.

*Futur.* — J'aimerai. — Tu aimeras. — Il aimera. — Nous aimerons. — Vous aimerez. — Ils aimeront.

*Futur passé.* — J'aurai aimé. — Tu auras aimé. —

---

(1) Il y a dans les quatre conjugaisons un 4^e^ prétérit, dont on se sert rarement; le voici : *J'ai eu aimé, tu as eu aimé, il a eu aimé; nous avons eu aimé; vous avez eu aimé; ils ont eu aimé.*

Il aura aimé. — Nous aurons aimé. — Vous aurez aimé. — Ils auront aimé.

CONDITIONNEL.

*Présent.* — J'aimerais. — Tu aimerais. — Il aimerait. — Nous aimerions. — Vous aimeriez. — Ils aimeraient.

*Passé.* — J'aurais aimé. — Tu aurais aimé. — Il aurait aimé. — Nous aurions aimé. — Vous auriez aimé. — Ils auraient aimé.

On dit aussi : *J'eusse aimé, tu eusses aimé, il eût aimé, nous eussions aimé, vous eussiez aimé, ils eussent aimé.*

IMPÉRATIF.

*Point de première personne.* — Aime. — Qu'il aime. — Aimons. — Aimez. — Qu'ils aiment.

SUBJONCTIF.

*Présent* ou *futur.* — Que j'aime. — Que tu aimes. — Qu'il aime. — Que nous aimions. — Que vous aimiez. — Qu'ils aiment.

*Imparfait.* — Que j'aimasse. — Que tu aimasses. — Qu'il aimât. — Que nous aimassions. — Que vous aimassiez. — Qu'ils aimassent.

*Prétérit.* — Que j'aie aimé. — Que tu aies aimé. — Qu'il ait aimé. — Que nous ayons aimé. — Que vous ayez aimé. — Qu'ils aient aimé.

*Plus-que-parfait.* — Que j'eusse aimé. — Que tu eusses aimé. — Qu'il eût aimé. — Que nous eussions aimé. — Que vous eussiez aimé. — Qu'ils eussent aimé.

INFINITIF.

*Présent.* — Aimer.

*Passé.* — Avoir aimé.

PARTICIPES.

*Présent.* — Aimant.

*Passé.* — Aimé, aimée, ayant aimé.

*Futur.* — Devant aimer.

Ainsi se conjuguent les verbes *chanter*, *danser*, et tous ceux dont l'infinitif se termine en *er*.

---

## SECONDE CONJUGAISON, *en* IR.

INDICATIF.

*Présent.* — Je finis. — Tu finis. — Il finit. — Nous finissons. — Vous finissez. — Ils finissent.

*Imparfait.* — Je finissais. — Tu finissais. — Il finissait. — Nous finissions. — Vous finissiez. — Ils finissaient.

*Prétérit défini.* — Je finis. — Tu finis. — Il finit. — Nous finîmes. — Vous finîtes. — Ils finirent.

*Prétérit indéfini.* — J'ai fini. — Tu as fini. — Il a fini. — Nous avons fini. — Vous avez fini.—Ils ont fini.

*Prétérit antérieur.* — J'eus fini. — Tu eus fini. — Il eut fini. — Nous eûmes fini. — Vous eûtes fini. — Ils eurent fini.

*Plus-que-parfait.* — J'avais fini. — Tu avais fini. — Il avait fini. — Nous avions fini. — Vous aviez fini. — Ils avaient fini.

*Futur.* — Je finirai. — Tu finiras. — Il finira. — Nous finirons. — Vous finirez. — Ils finiront.

*Futur passé.* — J'aurai fini. — Tu auras fini. — Il aura fini. — Nous aurons fini. — Vous aurez fini.— Ils auront fini.

CONDITIONNEL.

*Présent.* — Je finirais.— Tu finirais. — Il finirait.— Nous finirions. — Vous finiriez. — Ils finiraient.

*Passé.* — J'aurais fini. — Tu aurais fini. — Il aurait fini. — Nous aurions fini. — Vous auriez fini. — Ils auraient fini.

On dit aussi : *J'eusse fini, tu eusses fini, il eût fini, nous eussions fini, vous eussiez fini, ils eussent fini.*

IMPÉRATIF.

*Point de première personne.* — Finis. — Qu'il finisse. — Finissons. — Finissez. — Qu'ils finissent.

SUBJONCTIF.

*Présent* ou *futur.* — Que je finisse. — Que tu finisses.— Qu'il finisse. —Que nous finissions. — Que vous finissiez. — Qu'ils finissent.

*Imparfait.* — Que je finisse. — Que tu finisses. — Qu'il finît. — Que nous finissions. — Que vous finissiez. — Qu'ils finissent.

*Prétérit.* — Que j'aie fini. — Que tu aies fini. — Qu'il ait fini. — Que nous ayons fini. — Que vous ayez fini. — Qu'ils aient fini.

*Plus-que-parfait.* — Que j'eusse fini. — Que tu eusses fini. — Qu'il eût fini. — Que nous eussions fini. — Que vous eussiez fini. — Qu'ils eussent fini.

INFINITIF.

*Présent.* — Finir.

*Prétérit.* — Avoir fini.

PARTICIPES.

*Présent.* — Finissant.

*Passé.* — Fini, finie, ayant fini.

*Futur.* — Devant finir.

Ainsi se conjuguent *avertir*, *guérir*, *ensevelir*, *bénir*; mais ce dernier a deux participes, *bénit*, *bénite*, pour les choses consacrées par les prières des prêtres ; *béni*, *bénie*, partout ailleurs. *Haïr*; mais ce verbe fait au présent de l'indicatif je *hais*, tu *hais*, il *hait*; on prononce je *hès*, tu *hès*, il *hèt*.

---

## TROISIÈME CONJUGAISON, *en* OIR.

### INDICATIF.

*Présent.* — Je reçois. — Tu reçois. — Il reçoit. — Nous recevons. — Vous recevez. — Ils reçoivent.

*Imparfait.* — Je recevais. — Tu recevais. — Il recevait. — Nous recevions. — Vous receviez. — Ils recevaient.

*Prétérit défini.* — Je reçus. — Tu reçus. — Il reçut. — Nous reçûmes. — Vous reçûtes.—Ils reçurent.

*Prétérit indéfini.* — J'ai reçu. — Tu as reçu. — Il a reçu. — Nous avons reçu. — Vous avez reçu. — Ils ont reçu.

*Prétérit antérieur.*—J'eus reçu. — Tu eus reçu. — Il eut reçu.—Nous eûmes reçu. — Vous eûtes reçu. — Ils eurent reçu.

*Plus-que-parfait.* — J'avais reçu. — Tu avais reçu. Il avait reçu. — Nous avions reçu. — Vous aviez reçu. — Ils avaient reçu.

*Futur.* — Je recevrai. — Tu recevras. — Il recevra. — Nous recevrons. —Vous recevrez. — Ils recevront.

*Futur passé.* — J'aurai reçu. — Tu auras reçu. — Il aura reçu. — Nous aurons reçu. — Vous aurez reçu. — Ils auront reçu.

### CONDITIONNEL.

*Présent.* — Je recevrais. — Tu recevrais. — Il recevrait. — Nous recevrions. — Vous recevriez. — Ils recevraient.

*Passé.* — J'aurais reçu. — Tu aurais reçu. — Il aurait reçu. — Nous aurions reçu. — Vous auriez reçu. — Ils auraient reçu.

On dit aussi : *J'eusse reçu, tu eusses reçu, il eût reçu, nous eussions reçu, vous eussiez reçu, ils eussent reçu.*

### IMPÉRATIF.

*Point de première personne.* — Reçois. — Qu'il reçoive. — Recevons. —

Recevez. — Qu'ils reçoivent.

SUBJONCTIF.

*Présent* ou *futur*. — Que je reçoive. — Que tu reçoives. — Qu'il reçoive. — Que nous recevions. — Que vous receviez. — Qu'ils reçoivent.

*Imparfait*. — Que je reçusse. — Que tu reçusses. — Qu'il reçût. — Que nous reçussions. — Que vous reçussiez. — Qu'ils reçussent.

*Prétérit*.—Que j'aie reçu. — Que tu aies reçu.—Qu'il ait reçu. — Que nous ayons reçu. — Que vous ayez reçu. — Qu'ils aient reçu.

*Plus-que-parfait*. — Que j'eusse reçu. — Que tu eusses reçu. — Qu'il eût reçu. — Que nous eussions reçu. — Que vous eussiez reçu. — Qu'ils eussent reçu.

INFINITIF.

*Présent*. — Recevoir.

*Prétérit*. — Avoir reçu.

PARTICIPES.

*Présent*. — Recevant.

*Passé*. — Reçu, reçue, ayant reçu.

*Futur*. — Devant recevoir.

Ainsi se conjuguent *apercevoir*, *concevoir*, *devoir*, *percevoir*.

---

## QUATRIÈME CONJUGAISON, *en* RE.

INDICATIF.

*Présent*. — Je rends. — Tu rends. — Il rend. — Nous rendons. — Vous rendez. — Ils rendent.

*Imparfait*. — Je rendais. — Tu rendais. — Il rendait. — Nous rendions. — Vous rendiez. — Ils rendaient.

*Prétérit défini*. — Je rendis. — Tu rendis. — Il rendit. — Nous rendîmes. — Vous rendîtes. — Ils rendirent.

*Prétérit indéfini*. — J'ai rendu. — Tu as rendu. — Il a rendu. — Nous avons rendu. — Vous avez rendu. — Ils ont rendu.

*Pretérit antérieur*. — J'eus rendu. — Tu eus rendu. — Il eut rendu. — Nous eûmes rendu. — Vous eûtes rendu. — Ils eurent rendu.

*Plus-que-parfait*. — J'avais rendu.—Tu avais rendu. — Il avait rendu. — Nous avions rendu. — Vous aviez rendu. — Ils avaient rendu.

*Futur.* — Je rendrai. — Tu rendras. — Il rendra. — Nous rendrons. — Vous rendrez. — Ils rendront.

*Futur passé.* — J'aurai rendu. — Tu auras rendu. — Il aura rendu. — Nous aurons rendu. — Vous aurez rendu. — Ils auront rendu.

### CONDITIONNEL.

*Présent.* — Je rendrais. — Tu rendrais. — Il rendrait. — Nous rendrions. — Vous rendriez. — Ils rendraient.

*Passé.* — J'aurais rendu. — Tu aurais rendu. — Il aurait rendu. — Nous aurions rendu. — Vous auriez rendu. — Ils auraient rendu.

On dit aussi : *J'eusse rendu, tu eusses rendu, il eût rendu, nous eussions rendu, vous eussiez rendu, ils eussent rendu.*

### IMPÉRATIF.

*Point de première personne.* — Rends. — Qu'il rende. — Rendons. — Rendez. — Qu'ils rendent.

### SUBJONCTIF.

*Présent ou futur.* — Que je rende. — Que tu rendes. — Qu'il rende. — Que nous rendions. — Que vous rendiez. — Qu'ils rendent.

*Imparfait.* — Que je rendisse. — Que tu rendisses. — Qu'il rendît. — Que nous rendissions. — Que vous rendissiez. — Qu'ils rendissent.

*Prétérit.* — Que j'aie rendu. — Que tu aies rendu. — Qu'il ait rendu. — Que nous ayons rendu. — Que vous ayez rendu. — Qu'ils aient rendu.

*Plus-que-parfait.* — Que j'eusse rendu. — Que tu eusses rendu. — Qu'il eût rendu. — Que nous eussions rendu. — Que vous eussiez rendu. — Qu'ils eussent rendu.

### INFINITIF.

*Présent.* — Rendre.

*Prétérit.* — Avoir rendu.

### PARTICIPES.

*Présent.* — Rendant.

*Passé.* — Rendu, rendue, ayant rendu.

*Futur.* — Devant rendre.

Ainsi se conjuguent *attendre, entendre, suspendre, vendre.*

## *Des temps primitifs.*

On appelle *temps primitifs* d'un verbe ceux qui servent à former les autres temps dans les quatre con-

TABLEAU DES TEMPS PRIMITIFS.

| | *Présent de l'Infinitif.* | *Participe présent.* | *Participe passé.* | *Présent de l'Indicatif.* | *Prétérit de l'Indicatif.* |
|---|---|---|---|---|---|
| 1re CONJ. | Aimer. | Aimant. | Aimé. | J'aime. | J'aimai. |
| 2e CONJUGAISON. | Finir.<br>Sentir.<br>Ouvrir.<br>Tenir. | Finissant.<br>Sentant.<br>Ouvrant.<br>Tenant. | Fini.<br>Senti.<br>Ouvert.<br>Tenu. | Je finis.<br>Je sens.<br>J'ouvre.<br>Je tiens. | Je finis.<br>Je sentis.<br>J'ouvris.<br>Je tins. |
| 3e CONJ. | Recevoir. | Recevant. | Reçu. | Je reçois. | Je reçus. |
| 4e CONJUGAISON. | Rendre.<br>Plaire.<br>Paraître.<br>Réduire.<br>Plaindre. | Rendant.<br>Plaisant.<br>Paraissant.<br>Réduisant.<br>Plaignant. | Rendu.<br>Plu.<br>Paru.<br>Réduit.<br>Plaint. | Je rends.<br>Je plais.<br>Je parais.<br>Je réduis.<br>Je plains. | Je rendis.<br>Je plus.<br>Je parus.<br>Je réduisis.<br>Je plaignis. |

*Formation des temps dérivés* (1).

I. Du présent de l'indicatif se forme l'impératif, en ôtant seulement le pronom *je*; exemples : *j'aime*, impératif, *aime*; *je finis*, imp. *finis*; *je reçois*, imp. *reçois*; *je rends*, imp. *rends*.

(1) On appelle *temps dérivés* ceux qui se forment des *temps primitifs*.

Excepté quatre verbes : *je suis*, imp. *sois ; j'ai*, imp. *aie ; je vais*, imp. *va ; je sais*, imp. *sache.*

II. Du prétérit de l'indicatif se forme l'imparfait du subjonctif, en changeant *ai* en *asse* pour la première conjugaison ; *j'aimai*, imparfait du subjonctif *que j'aimasse ;* et en ajoutant seulement *se* pour les trois autres conjugaisons : *je finis. je finisse ; je reçus, je reçusse ; je rendis. je rendisse.*

III. Du présent de l'infinitif on forme :

1° Le futur de l'indicatif, en changeant *r* ou *re* en *rai ;* exemples : *aimer, j'aimerai ; finir, je finirai ; rendre, je rendrai.*

Exceptions. — 1<sup>re</sup> conjugaison : *Aller*, futur, *j'irai ; envoyer, j'enverrai.*

2<sup>e</sup> conjugaison. *Tenir*, futur, *je tiendrai ; venir, je viendrai ; courir, je courrai ; cueillir, je cueillerai ; mourir. je mourrai ; acquérir, j'acquerrai.*

3<sup>e</sup> conjugaison. *Recevoir*, futur, *je recevrai ; avoir, j'aurai ; échoir, j'écherrai ; pouvoir, je pourrai ; savoir, je saurai ; s'asseoir, je m'asseyerai ; voir, je verrai ; vouloir, je voudrai ; valoir, je vaudrai ; falloir, il faudra ; pleuvoir, il pleuvra.*

4<sup>e</sup> conjugaison. *Faire*, futur, *je ferai ; être, je serai.*

2° Du futur de l'indicatif on forme le conditionnel présent, en changeant *rai* en *rais*, sans exception : *j'aimerai*, conditionnel, *j'aimerais ; je finirai, je finirais ; je recevrai, je recevrais ; je rendrai, je rendrais.*

IV. Du participe présent on forme :

1° L'imparfait de l'indicatif, en changeant *ant* en *ais : aimant*, imparfait, *j'aimais ; finissant, je finissais ; recevant, je recevais ; rendant, je rendais.*

Exceptions. — Il n'y a que deux exceptions : *ayant, j'avais ; sachant, je savais.*

2° Du même participe on forme la première personne plurielle du présent de l'indicatif en changeant *ant* en *ons : aimant, nous aimons ; finissant, nous fi-*

*nissons; recevant. nous recevons; rendant nous rendons.*

Excepté : *étant, nous sommes; ayant, nous avons; sachant, nous savons.*

On forme aussi la seconde personne plurielle en *ez : vous aimez, vous finissez, vous recevez, vous rendez.*

Excepté : *faisant, vous faites; disant, vous dites;*

Et la troisième personne en *ent : ils aiment, ils finissent*, etc.

3° Du même participe présent on forme le présent du subjonctif, en changeant *ant* en *e* muet : *aimant, que j'aime; finissant, que je finisse; rendant, que je rende.*

Exceptions. — 1re conjugaison. *Allant, que j'aille.*

2e conjugaison. *Tenant, que je tienne; venant, que je vienne; acquérant, que j'acquière.*

3e conjugaison. *Recevant, que je reçoive; pouvant, que je puisse; valant, que je vaille; voulant, que je veuille* (1); *mouvant, que je meuve; faillant, qu'il faille.*

4e conjugaison. *Buvant, que je boive; faisant, que je fasse; étant, que je sois.*

V. Du participe passé on forme tous les temps composés (de deux mots), en y joignant les temps des verbes auxiliaires *avoir, être;* comme *j'ai aimé, j'ai fini, j'ai reçu, j'ai rendu; j'avais aimé, j'avais fini, j'avais reçu, j'avais rendu; j'aurai aimé, j'aurai fini, j'aurai reçu, j'aurai rendu; que j'eusse aimé, que j'eusse fini, que j'eusse reçu, que j'eusse rendu*, etc.

## VERBES IRRÉGULIERS.

On appelle *irréguliers* les verbes qui ne suivent pas toujours la règle générale des conjugaisons.

Plusieurs de ces verbes ne sont pas usités à certains temps et à certaines personnes.

---

(1) *Que tu veuilles, qu'il veuille, que nous voulions, que vous vouliez, qu'ils veuillent.*

## TEMPS PRIMITIFS DES VERBES IRRÉGULIERS.

| *Présent de l'Infinitif.* | *Participe présent.* | *Participe passé.* | *Présent de l'Indicatif.* | *Prétérit de l'Indicatif.* |
|---|---|---|---|---|
| **PREMIÈRE CONJUGAISON.** | | | | |
| Aller. | Allant. | Allé. | Je vais. | J'allai. |
| Puer. | Puant. | Pué. | Je pue. | Je puai. |
| **SECONDE CONJUGAISON.** | | | | |
| Courir. | Courant. | Couru. | Je cours. | Je courus. |
| Cueillir. | Cueillant. | Cueilli. | Je cueille. | Je cueillis. |
| Fuir. | Fuyant. | Fui. | Je fuis. | Je fuis. |
| Mourir. | Mourant. | Mort. | Je meurs. | Je mourus. |
| Faillir. | | Failli. | | Je faillis. |
| Acquérir. | Acquérant. | Acquis. | J'acquiers. | J'acquis. |
| Saillir. | Saillant. | Sailli. | Il saille. | Il saillit. |
| Tressaillir. | Tressaillant | Tressailli. | Je tressaille | Je tressaillis |
| Vêtir. | Vêtant. | Vêtu. | Je vêts. | Je vêtis. |
| Revêtir. | Revêtant. | Revêtu. | Je revêts. | Je revêtis. |
| **TROISIÈME CONJUGAISON.** | | | | |
| Choir. | | | | |
| Déchoir. | | Déchu. | Je déchois. | Je déchus. |
| Echoir. | Echéant. | Echu. | Il échet. | J'échus. |
| Falloir. | | Fallu. | Il faut. | Il fallut. |
| Mouvoir. | Mouvant. | Mu. | Je meus. | Je mus. |
| Pleuvoir. | Pleuvant. | Plu. | Il pleut. | Il plut. |
| Pouvoir. | Pouvant. | Pu. | Je puis. | Je pus. |
| Savoir. | Sachant. | Su. | Je sais. | Je sus. |
| S'asseoir. | S'asseyant. | Assis. | Je m'assieds | Je m'assis. |
| Surseoir. | | Sursis. | Je sursois. | Je sursis. |
| Valoir. | Valant. | Valu. | Je vaux. | Je valus. |
| Voir. | Voyant. | Vu. | Je vois. | Je vis. |
| Pourvoir. | Pourvoyant | Pourvu. | Je pourvois. | Je pourvus. |
| Vouloir. | Voulant. | Voulu. | Je veux. | Je voulus. |

## QUATRIÈME CONJUGAISON.

| *Présent de l'Infinitif.* | *Participe présent.* | *Participe passé.* | *Présent de l'Indicatif.* | *Prétérit de l'Indicatif.* |
|---|---|---|---|---|
| Battre. | Battant. | Battu. | Je bats. | Je battis. |
| Boire. | Buvant. | Bu. | Je bois. | Je bus. |
| Braire. | | | Il brait. | |
| Bruire. | Bruyant. | | | |
| Circoncire. | | Circoncis. | Je circoncis | Je circoncis |
| Clore. | | Clos. | Je clos. | |
| Conclure. | Concluant. | Conclu. | Je conclus. | Je conclus. |
| Confire. | | Confit. | Je confis. | Je confis. |
| Coudre. | Cousant. | Cousu. | Je couds. | Je cousis. |
| Croire. | Croyant. | Cru. | Je crois. | Je crus. |
| Dire. | Disant. | Dit. | Je dis. | Je dis. |
| Maudire. | Maudissant. | Maudit. | Je maudis. | Je maudis. |
| Ecrire. | Ecrivant. | Ecrit. | J'écris. | J'écrivis. |
| Exclure. | Excluant. | Exclus. | J'exclus. | J'exclus. |
| Faire. | Faisant. | Fait. | Je fais. | Je fis. |
| Prendre. | Prénant. | Pris. | Je prends. | Je pris. |
| Lire. | Lisant. | Lu. | Je lis. | Je lus. |
| Luire. | Luisant. | Lui. | Je luis. | |
| Mettre. | Mettant. | Mis. | Je mets. | Je mis. |
| Moudre. | Moulant. | Moulu. | Je mouds. | Je moulus. |
| Naître. | Naissant. | Né. | Je nais. | Je naquis. |
| Nuire. | Nuisant. | Nui. | Je nuis. | Je nuisis. |
| Rire. | Riant. | Ri. | Je ris. | Je ris. |
| Rompre. | Rompant. | Rompu. | Je romps. | Je rompis. |
| Absoudre. | Absolvant. | Absous. | J'absous. | |
| Résoudre. | Résolvant. | Résous, résolu. | Je résous. | Je résolus. |
| Suffire. | Suffisant. | Suffi. | Je suffis. | Je suffis. |
| Suivre. | Suivant. | Suivi. | Je suis. | Je suivis. |
| Traire. | Trayant. | Trait. | Je trais. | |
| Vaincre. | Vainquant. | Vaincu. | Je vaincs. | Je vainquis. |
| Vivre. | Vivant. | Vécu. | Je vis. | Je vécus. |

Nous ne marquons pas les verbes *composés*, parce qu'ils suivent la conjugaison de leurs *simples* : par exemple, les composés *promettre*, *admettre*, etc., se conjuguent comme le verbe simple *mettre*.

Au moyen de cette table, et des règles que nous avons données sur la formation des temps, il n'y a point de verbe qu'on ne puisse conjuguer.

*Accord des verbes avec leur nominatif ou sujet.*

On appelle *sujet* ou *nominatif* d'un verbe ce qui est ou ce qui fait la chose qu'exprime le verbe. On trouve le nominatif en mettant *qui est-ce qui?* devant le verbe. La réponse à cette question indique le nominatif; quand je dis : *l'enfant est sage : Qui est-ce qui est sage?* Réponse, *l'enfant;* voilà le nominatif du verbe *est*. *Le lièvre court : Qui est-ce qui court?* Réponse, *le lièvre :* voilà le nominatif du verbe *court*.

Règle. — Tout verbe doit être du même nombre et de la même personne que son nominatif ou sujet.

Ex. : *Je parle : parle* est du nombre singulier et de la première personne, parce que *je*, son nominatif, est du singulier et de la première personne. *Vous parlez tous deux : parlez* est au nombre pluriel, et de la seconde personne, parce que *vous* est au nombre pluriel et de la seconde personne.

*Première remarque.* Quand un verbe a deux sujets singuliers, on met ce verbe au pluriel.

Ex. : *Mon frère et ma sœur* lisent.

*Deuxième remarque.* Quand les deux sujets sont de différentes personnes, on met le verbe à la plus noble personne : la première est plus noble que la seconde ; la seconde est plus noble que la troisième.

Ex. : *Vous et moi* nous lisons.

*Vous et votre frère* vous lisez.

(La politesse veut qu'on nomme d'abord la personne à qui l'on parle, et qu'on se nomme le dernier.)

### RÉGIME DES VERBES ACTIFS.

On appelle verbe *actif* celui après lequel on peut mettre *quelqu'un*, *quelque chose*. *Aimer* est un verbe actif, parce qu'on peut dire, *aimer quelqu'un*. Par exemple, *j'aime Dieu ;* ce mot, qui suit le verbe actif, s'appelle le *régime* de ce verbe. On connaît le régime en faisant la question *qu'est-ce que?* Exemple : *qu'est-ce que j'aime?* Réponse ; *Dieu*. *Dieu* est le régime du verbe *j'aime*.

Règle. — Le régime d'un verbe actif se place ordinairement après le verbe (quand ce n'est pas un pronom).

Ex. : *J'aime Dieu*.

*Le chat mange* la *souris* : *la souris* est le régime du verbe *mange*.

Mais quand le régime est un pronom, il se met devant le verbe.

Ex. : *Je* vous *aime*, pour *j'aime* vous ; *il m'aime*, pour *il aime* moi.

*Remarque*. Outre ce premier régime, qu'on appelle *direct*. certains verbes actifs peuvent avoir un second régime, qu'on appelle *indirect* : ce second régime se marque par les mots *a* ou *de* : comme *donner une image* à *l'enfant* ; *enseigner la grammaire* à *l'enfant* ; *écrire une lettre* à *son ami* : *à l'enfant* est le régime indirect des verbes *donner*, *enseigner* : *à son ami* est le régime indirect du verbe *écrire*. *Accuser quelqu'un* de *mensonge* ; *avertir quelqu'un* d'*une faute* ; *délivrer quelqu'un* du *danger* : *de mensonge* est le régime indirect du verbe *accuser*, etc.

Tout verbe actif a un passif : ce passif se forme en prenant le régime *direct* de l'actif pour en faire le nominatif du verbe passif, et en ajoutant après le verbe le mot *par* ou *de*. Ainsi pour tourner par le passif cette phrase : *le chat mange la souris*, dites : *la souris est mangée* par *le chat* ; *j'aime mon père tendrement*, dites : *mon père est tendrement aimé* de *moi*.

---

## CONJUGAISON DES VERBES PASSIFS.

Il n'y a qu'une seule conjugaison pour tous les verbes passifs ; elle se fait avec l'auxiliaire *être* dans tous ses temps, et le participe passé du verbe qu'on veut conjuguer.

INDICATIF.

*Présent.* — Je suis aimé, *ou* aimée. — Tu es aimé, *ou* aimée. — Il est aimé, *ou* elle est aimée. — Nous sommes aimés, *ou* aimées. — Vous êtes aimés, *ou* aimées. — Ils sont aimés, *ou* elles sont aimées.

*Imparfait.* — J'étais aimé, *ou* aimée. — Tu étais aimé, *ou* aimée. — Il était aimée, *ou* elle était aimée. — Nous étions aimés, *ou* aimées. — Vous étiez aimés, *ou* aimées. — Ils étaient aimés, *ou* elles étaient aimées.

*Prétérit défini.* — Je fus aimé, *ou* aimée. — Tu fus aimé, *ou* aimée. — Il fut aimé, *ou* elle fut aimée. — Nous fûmes aimés, *ou* aimées. — Vous fûtes aimés, *ou* aimées. — Ils furent aimés, *ou* elles furent aimées.

*Prétérit indéfini.* — J'ai été aimé, *ou* aimée. — Tu as été aimé, *ou* aimée. — Il a été aimé, *ou* elle a été aimée. — Nous avons été aimés, *ou* aimées. — Vous avez été aimés, *ou* aimées. — Ils ont été aimés, *ou* elles ont été aimées.

*Prétérit antérieur.* — J'eus été aimé, *ou* aimée. — Tu eus été aimé, *ou* aimée. — Il eut été aimé, *ou* elle eut été aimée. — Nous eûmes été aimés, *ou* aimées. — Vous eûtes été aimés, *ou* aimées. — Ils eurent été aimés, *ou* elles eurent été aimées.

*Plus-que-parfait.* — J'avais été aimé, *ou* aimée. — Tu avais été aimé, *ou* aimée. — Il avait été aimé, *ou* elle avait été aimée. — Nous avions été aimés, *ou* aimées. — Vous aviez été aimés, *ou* aimées. — Ils avaient été aimés, *ou* elles avaient été aimées.

*Futur.* — Je serai aimé, *ou* aimée. — Tu seras aimé, *ou* aimée. — Il sera aimé, *ou* elle sera aimée. — Nous serons aimés, *ou* aimées. — Vous serez aimés, *ou* aimées. — Ils seront aimés, *ou* elles seront aimées.

*Futur passé.* — J'aurai été aimé, *ou* aimée. — Tu auras été aimé, *ou* aimée. — Il aura été aimé, *ou* elle aura été aimée. — Nous aurons été aimés, *ou* aimées. — Vous aurez été aimés, *ou* aimées. — Ils auront été aimés, *ou* elles auront été aimées.

CONDITIONNEL.

*Présent.* — Je serais aimé, *ou* aimée. — Tu serais aimé *ou* aimée. — Il serait aimé, *ou* elle serait aimée. — Nous serions aimés, *ou* aimées. — Vous seriez aimés, *ou* aimées. — Ils seraient aimés, *ou* elles seraient aimées.

*Passé.* — J'aurais été aimé, *ou* aimée. — Tu aurais été aimé, *ou* aimée. — Il aurait été aimé, *ou* elle aurait été aimée. — Nous aurions été aimés, *ou* aimées. — Vous auriez été aimés, *ou* aimées. — Ils auraient été aimés, *ou* elles auraient été aimées.

On dit aussi : *J'eusse été aimé*, ou *aimée ; tu eusses été aimé*, ou *aimée ; il eût été aimé*, ou *elle eût été aimée ; nous eussions été aimés*, ou *aimées ; vous eussiez été aimés*, ou *aimées ; ils eussent été aimés*, ou *elles eussent été aimées.*

## IMPÉRATIF.

*Point de première personne.* — Sois aimé, *ou* aimée. — Qu'il soit aimé, *ou* qu'elle soit aimée. — Soyons aimés, *ou* aimées. — Soyez aimés, *ou* aimées. — Qu'ils soient aimés, *ou* qu'elles soient aimées.

## SUBJONCTIF.

*Présent* ou *futur.* — Que je sois aimé, *ou* aimée. — Que tu sois aimé, *ou* aimée. — Qu'il soit aimé, *ou* qu'elle soit aimée. — Que nous soyons aimés, *ou* aimées. — Que vous soyez aimés, *ou* aimées. — Qu'ils soient aimés, *ou* qu'elles soient aimées.

*Imparfait.* — Que je fusse aimé, *ou* aimée. — Que tu fusses aimé, ou aimée. — Qu'il fût aimé, *ou* qu'elle fût aimée. — Que nous fussions aimés, *ou* aimées. — Que vous fussiez aimés, *ou* aimées. — Qu'ils fussent aimés, *ou* qu'elles fussent aimées.

*Prétérit.* — Que j'aie été aimé, *ou* aimée. — Que tu aies été aimé, *ou* aimée. — Qu'il ait été aimé, *ou* qu'elle ait été aimée — Que nous ayons été aimés, *ou* aimées. — Que vous ayez été aimés, *ou* aimées. — Qu'ils aient été aimés, *ou* qu'elles aient été aimées.

*Plus-que-parfait.* — Que j'eusse été aimé, *ou* aimée. — Que tu eusses été aimé, *ou* aimée. — Qu'il eût été aimé, *ou* qu'elle eût été aimée. — Que nous eussions été aimés, *ou* aimées. — Que vous eussiez été aimés, *ou* aimées. — Qu'ils eussent été aimés, *ou* qu'elles eussent été aimées.

## INFINITIF.

*Présent.* — Être aimé, *ou* aimée.

*Prétérit.* — Avoir été aimé, *ou* aimée.

PARTICIPES.

*Présent.* — Étant aimé, *ou* aimée.

*Passé.* — Ayant été aimé, *ou* aimée.

*Futur.* — Devant être aimé, *ou* aimée.

Ainsi se conjuguent *être fini, être reçu, être rendu*, etc.

RÉGIME DES VERBES PASSIFS.

Règle. — On met *de* ou *par* devant le nom ou pronom qui suit le verbe passif.

Ex. : *La souris est mangée* par *le chat.*

*Un enfant sage est aimé* de *ses parens.*

*Remarque.* N'employez jamais *par* avec le nom *Dieu:* dites : *Les méchans seront punis* de *Dieu*, et non pas *seront punis* par *Dieu.*

---

## VERBES NEUTRES.

On appelle *neutres* les verbes après lesquels on ne peut pas mettre *quelqu'un*, ni *quelque chose : languir, dormir*, sont des verbes neutres, parce qu'on ne peut pas dire *languir quelqu'un, dormir quelque chose*, etc. (On les appelle *neutres*, parce qu'ils ne sont ni *actifs* ni *passifs.*)

La plupart des verbes neutres se conjuguent comme les verbes actifs, avec l'auxiliaire *avoir : je dors, j'ai dormi, j'avais dormi, j'aurais dormi*, etc.

Mais il y a des verbes neutres qui se conjuguent dans leurs temps composés avec l'auxiliaire *être*, comme *venir, arriver, tomber*, etc.

CONJUGAISON DES VERBES NEUTRES.

INDICATIF.

*Présent.* — Je tombe. — Tu tombes. — Il *ou* elle tombe. — Nous tombons. — Vous tombez. — Ils *ou* elles tombent.

*Imparfait.* — Je tombais — Tu tombais. — Il *ou* elle tombait. — Nous tombions. — Vous tombiez. — Ils *ou* elles tombaient.

*Prétérit défini.* — Je tombai. — Tu tombas. — *ou* elle tomba. — Nous tom bâmes. — Vous tombâtes. — Ils *ou* elles tombèrent.

*Prétérit indéfini.* — Je suis tombé, *ou* tombée, etc.

*Prétérit antérieur.* — Je fus tombé, *ou* tombée, etc.

*Plus-que-parfait* — J'étais tombé, *ou* tombée, etc.

*Futur.* — Je tomberai. — Tu tomberas. — Il *ou* elle tombera. — Nous tomberons. — Vous tomberez. — Ils *ou* elles tomberont.

*Futur passé.* — Je serai tombé, *ou* tombée, etc.

CONDITIONNEL.

*Présent.* — Je tomberais. — Tu tomberais. — Il *ou* elle tomberait. — Nous tomberions. — Vous tomberiez. — Ils *ou* elles tomberaient.

*Passé.* — Je serais tombé, *ou* tombée, etc.

On dit aussi : *Je fusse tombé*, ou *tombée*, etc.

IMPÉRATIF.

*Point de première personne.* — Tombe. — Qu'il *ou* qu'elle tombe. — Tombons. — Tombez. — Qu'ils *ou* qu'elles tombent.

SUBJONCTIF.

*Présent* ou *futur.* — Que je tombe. — Que tu tombes. — Qu'il *ou* qu'elle tombe. — Que nous tombions. — Que vous tombiez. — Qu'ils *ou* qu'elles tombent.

*Imparfait.* — Que je tombasse. — Que tu tombasses. — Qu'il *ou* qu'elle tombât. — Que nous tombassions. — Que vous tombassiez. — Qu'ils *ou* qu'elles tombassent.

*Prétérit.* — Que je sois tombé, *ou* tombée, etc.

*Plus-que-parfait.* — Que je fusse tombé, *ou* tombée, etc.

INFINITIF.

*Présent.* — Tomber.

*Prétérit.* — Être tombé, *ou* tombée.

PARTICIPES.

*Présent.* — Tombant.

*Passé.* — Tombé, tombée, étant tombé *ou* tombée.

*Futur.* — Devant tomber.

Conjuguez de même les verbes *aller*, *arriver*, *déchoir*, *décéder*, *entrer*, *sortir*, *mourir*, *naître*, *partir*, *rester*, *descendre*, *monter*, *passer*, *venir* et ses composés, *devenir*, *survenir*, *revenir*, *parvenir*, etc., etc.

Il y a des verbes neutres qui ont un régime.

RÉGIME DES VERBES NEUTRES.

RÈGLE. — On met *à* ou *de* devant le nom ou pronom qui suit le verbe neutre. Ex. :

| A | DE |
|---|---|
| *Nuire à la santé.* | *Médire* de *quelqu'un.* |
| *Plaire* au *Seigneur.* | *Profiter* des *leçons.* |
| *Convenir* à *quelqu'un.* | *Jouir* de la *liberté.* |

## VERBES RÉFLÉCHIS.

On appelle verbes *réfléchis* ceux dont le nominatif et le régime sont la même personne, comme *je me flatte, tu te loues, il se blesse*, etc., etc.

Les verbes *réfléchis* se conjuguent comme le verbe *tomber*, c'est-à-dire qu'ils prennent l'auxiliaire *être* aux temps composés. Nous ne mettrons ici que les premières personnes.

### CONJUGAISON DES VERBES RÉFLÉCHIS.

#### INDICATIF.

*Présent.* — Je me repens, etc.

*Imparfait.* — Je me repentais, etc.

*Prétérit défini.* — Je me repentis, etc.

*Prétérit indéfini.* — Je me suis repenti, *ou* repentie.

*Prétérit antérieur.* — Je me fus repenti, *ou* repentie.

*Plus-que-parfait.* — Je m'étais repenti, *ou* repentie.

*Futur.*—Je me repentirai.

*Futur passé.* — Je me serai repenti, *ou* repentie.

#### CONDITIONNEL.

*Présent.* — Je me repentirais.

*Passé.* — Je me serais repenti, *ou* repentie.

On dit aussi : *Je me fusse repenti,* ou *repentie.*

#### IMPÉRATIF.

*Point de première personne.* — Repens-toi. — Qu'il *ou* qu'elle se repente. — Repentons-nous. — Repentez-vous. — Qu'ils *ou* qu'elles se repentent.

#### SUBJONCTIF.

*Présent* ou *futur.* — Que je me repente.

*Imparfait.* — Que je me repentisse.

*Prétérit.* — Que je me sois repenti, *ou* repentie.

*Plus-que-parfait.* — Que je me fusse repenti, *ou* repentie.

#### INFINITIF.

*Présent.* — Se repentir.

*Prétérit.* — S'être repenti, *ou* repentie.

#### PARTICIPES.

*Présent.* — Se repentant.

*Passé.* —Repenti, s'étant repenti, *ou* repentie.

*Futur.* — Devant se repentir.

*Remarque.* *Me*, *te*, *se*, *nous*, *vous*, qui sont le régime des verbes réfléchis, sont quelquefois régime *direct*, comme dans *je me flatte*, c'est-à-dire *je flatte moi*; *tu te blesseras*, c'est-à-dire *tu blesseras toi* : et quelquefois ils sont régime *indirect*, comme dans cet exemple, *je me fais une loi*, c'est-à-dire *je fais à moi une loi*; *il s'est fait honneur*, c'est-à-dire *il a fait honneur à soi*, etc.

---

## VERBES IMPERSONNELS.

On appelle verbe *impersonnel* celui qui ne s'emploie dans tous les temps qu'à la 3e personne du singulier, comme *il faut*, *il importe*, *il pleut*, etc. Il se conjugue à cette 3e personne comme les autres verbes.

### CONJUGAISON DES VERBES IMPERSONNELS.

#### INDICATIF.

*Présent.* — Il faut.

*Imparfait.* — Il fallait.

*Prétérit défini.* — Il fallut.

*Prétérit indéfini.* — Il a fallu.

*Prétérit antérieur.* — Il eut fallu.

*Plus-que-parfait.* — Il avait fallu.

*Futur.* — Il faudra.

*Futur passé.* - Il aura fallu.

#### CONDITIONNEL.

*Présent.* — Il faudrait.

*Passé.* — Il aurait fallu.

#### SUBJONCTIF.

*Présent ou futur.* — Qu'il faille.

*Imparfait.* — Qu'il fallût.

*Prétérit.* — Qu'il ait fallu.

*Plus-que-parfait.* — Qu'il eût fallu.

#### INFINITIF.

*Présent.* — Falloir.

#### PARTICIPE.

*Passé.* — Ayant fallu.

*Remarque* Le mot *il* ne marque un verbe *impersonnel* que lorsqu'on ne peut pas mettre un nom à sa place; car lorsqu'en parlant d'un enfant, on dit, *il joue*, ce n'est pas un impersonnel, parce qu'à la place du mot *il*, on peut mettre *l'enfant*, et dire : *l'enfant joue*.

## CHAPITRE VI. — Le Participe.

Le *participe* est un mot qui tient du verbe et de l'adjectif, comme *aimant*, *aimé* : il tient du verbe, en ce qu'il en a la signification et le régime : *aimant Dieu*, *aimé de Dieu* : il tient aussi de l'adjectif, en ce qu'il qualifie une personne ou une chose, c'est-à-dire qu'il en marque la qualité.

### ACCORD DES PARTICIPES.

Participe présent, *aimant*, *finissant*, *recevant*, *rendant*.

*Règle*. Le participe présent ne varie jamais, c'est-à-dire qu'il ne prend ni genre, ni nombre. Ex. :

| | |
|---|---|
| *Un homme* lisant. | *Une femme* lisant. |
| *Des hommes* lisant. | *Des femmes* lisant. |

*Remarque*. Ce qu'on appelle *gérondif* n'est autre chose que le participe présent devant lequel on met le mot *en*, comme : *les jeunes gens se forment l'esprit* en *lisant de bons livres* (1).

Participe passé, *aimé*, *fini*, *reçu*, *rendu*.

Le participe passé s'accorde ou avec son nominatif, ou avec son régime.

*Accord du participe passé avec le nominatif.*

*Première règle*. Le participe passé, quand il est accompagné du verbe auxiliaire *etre*, s'accorde en genre et en nombre avec son nominatif ou sujet, c'est-à-dire que l'on ajoute *e* si le sujet est féminin, et *s* si le sujet est pluriel. Ex. :

(1) Il ne faut pas confondre avec le participe présent certains adjectifs verbaux (c'est-à-dire qui viennent des verbes). On dit : *un homme* obligeant, *une femme* obligeante : ce ne sont pas des participes, parce qu'ils n'ont pas de régime ; mais quand je dis : *cette femme est d'un bon caractère*, obligeant *tout le monde quand elle peut ; obligeant* est ici *participe*, puisqu'il a le régime *tout le monde*.

| | |
|---|---|
| *Mon frère a été* puni. | *Ma sœur a été* punie. |
| *Mes frères ont été* punis. | *Mes sœurs ont été* punies (1). |
| *Mon frère est* tombé. | *Ma sœur est* tombée. |
| *Mes frères sont* tombés. | *Mes sœurs sont* tombées. |

*Exception unique.* Dans les temps composés des verbes *réfléchis*, le participe ne s'accorde pas avec son nominatif; on dit d'une femme, *elle s'est* mis *cela dans la tête* (et non pas *mise*); *quelques païens se sont* donné *la mort* (et non pas se sont *donnés*).

*Deuxième règle.* Mais quand le participe passé est accompagné du verbe auxiliaire *avoir*, il ne s'accorde jamais avec son nominatif. Ex. :

| | |
|---|---|
| *Mon père* a écrit *une lettre.* | *Ma mère* a écrit *une lettre.* |
| *Mes frères* ont écrit *une lettre.* | *Mes sœurs* ont écrit *une lettre.* |

(Le participe *écrit* ne change point, quoique le nominatif soit masculin ou féminin, singulier ou pluriel.)

### *Accord du participe passé avec le régime.*

*Première règle.* Le participe passé s'accorde toujours avec son régime *direct*, quand ce régime est devant le participe. Ex. :

*La lettre que vous avez* écrite, *je l'ai* lue.
*Les livres que j'avais* prêtés, *on les a* rendus.
*Quelle affaire avez-vous* entreprise ?
*Combien d'ennemis n'a-t-il pas* vaincus !
*Quand la race de Caïn se fut* multipliée......

On voit que le régime mis devant le participe est ordinairement l'un des pronoms : *que, me, te, se, le, la, les, nous, vous, quels.*

*Deuxième règle.* Mais quand le régime n'est placé qu'après le participe, ce participe ne s'accorde pas avec son régime. Ex. :

(1) Le participe *été* n'a ni féminin, ni pluriel; on dit : *elle a été, ils ont été.*

| *J'ai écrit une lettre.* | *J'ai écrit des lettres.* |
|---|---|
| *Vous avez acheté un livre.* | *Vous avez acheté des livres.* |

(*Ecrit*, *acheté*, ne changent pas, quoique le régime soit singulier ou pluriel, masculin ou féminin, parce que ce régime est après le participe.)

*Remarque.* On dit sans faire accorder : *les vertus que j'ai entendu louer*, *les vices que j'ai résolu d'éviter. Que* n'est pas ici le régime des participes *entendu*, *résolu*, mais des infinitifs suivans, *louer*, *éviter*.

Pour connaître si le régime dépend du participe, il faut voir si l'on peut mettre ce régime immédiatement après le participe. On ne peut pas dire ici : *j'ai entendu les vertus*; *j'ai résolu les vices.*

## CHAPITRE VII. — LA PRÉPOSITION.

La *préposition* est un mot qui sert à joindre le nom ou pronom suivant au mot qui la précède : par exemple, quand je dis ; *le fruit* de *l'arbre* ; *de* marque le rapport qu'il y a entre *fruit* et *arbre* : quand je dis, *utile* à *l'homme*, *à* fait rapporter le nom *homme* à l'adjectif *utile* : quand je dis, *j'ai reçu* de *mon père*, *de* sert à joindre le nom *père* au verbe *reçu*, etc. *De*, *à*, sont des prépositions ; le mot qui suit s'appelle le *régime* de la *préposition*.

Cette espèce de mots s'appelle *préposition* parce qu'elle se met ordinairement devant le nom qu'elle régit.

### PRÉPOSITIONS FRANÇAISES.

*Pour marquer la place ou le lieu.*

*A*. Attacher *à* la muraille ; vivre *à* Paris ; aller *à* Rome.

*Dans*. Etre *dans* la maison ; serrer *dans* une cassette.

*En*. Être *en* Italie ; voyager *en* Allemagne.

*De*. Sortir *de* la ville ; venir *de* la province.

*Chez*. Être *chez* un ami ; ce livre est *chez* le libraire.

*Devant*. Le berger marche *devant* le troupeau ; allez *devant* moi.

*Après.* J'irai *après* vous ; courir *après* quelqu'un.
*Derrière.* Les laquais vont *derrière* leur maître ; se cacher *derrière* un mur.
*Parmi.* Cet officier fut trouvé *parmi* les morts.
*Sur.* Avoir son chapeau *sur* la tête ; mettre un flambeau *sur* la table.
*Sous.* Mettre un tapis *sous* les pieds ; tout ce qui est *sous* le ciel.
*Vers.* Les yeux levés *vers* le ciel ; l'aimant se tourne *vers* le nord.

*Pour marquer l'ordre.*

*Avant.* La nouvelle est arrivée *avant* le courrier.
*Entre.* Tenir un enfant *entre* ses bras ; *entre* le printemps et l'automne.
*Dès.* Cette rivière est navigable *dès* sa source ; *dès* sa plus tendre enfance.
*Depuis.* *Depuis* Paris jusqu'à Orléans ; *depuis* la création jusqu'au déluge.

*Pour marquer l'union.*

*Avec.* Manger *avec* ses amis ; il est parti *avec* la fièvre.
*Pendant.* *Pendant* la guerre.
*Durant.* *Durant* la guerre.
*Outre.* Compagnie de cent hommes *outre* les officiers.
*Selon.* Se conduire *selon* la raison.
*Suivant.* *Suivant* la loi.

*Pour marquer la séparation.*

*Sans.* Les soldats *sans* leurs officiers.
*Hors.* Tout est perdu *hors* l'honneur.
*Excepté.* Tout est perdu, *excepté* l'honneur.

*Pour marquer opposition.*

*Contre.* Écoliers révoltés *contre* le maître ; plaider *contre* quelqu'un.
*Malgré.* Il est parti *malgré* moi.
*Nonobstant.* Il a fait cela *nonobstant* mes représentations.

*Pour marquer le but.*

*Envers.* Charitable *envers* les pauvres ; son respect *envers* ses supérieurs.

*Touchant.* Il m'a écrit *touchant* cette affaire.

*Pour.* Travailler *pour* le bien public ; étudier *pour* son instruction.

*Pour marquer la cause, le moyen.*

*Par.* Fléchir *par* ses prières ; tout a été créé *par* la parole de Dieu.

*Moyennant.* J'espère *moyennant* la grace de Dieu.

*Attendu.* Le courrier n'a pu partir *attendu* le mauvais temps.

---

## CHAPITRE VIII. — L'Adverbe.

L'*adverbe* est un mot qui se joint ordinairement au verbe ou à l'adjectif, pour en déterminer la signification ; quand on dit : *cet enfant parle distinctement*, par ce mot *distinctement* l'on fait entendre qu'il parle d'une manière plutôt que d'une autre.

1° Il y a des adverbes qui marquent la *manière* : ils sont presque tous terminés en *ment*, et ils se forment des adjectifs, comme sagement de *sage*, poliment de *poli*, agréablement d'*agréable*, modestement de *modeste*, etc.

2° Il y a des adverbes qui marquent *l'ordre*, comme *premièrement*, *secondement*, *d'abord*, *ensuite*, *auparavant* ; exemple : d'abord *il faut éviter le mal*, ensuite *il faut faire le bien*.

3° Il y a des adverbes qui marquent le lieu comme *où*, *ici*, *là*, *deçà*, *au-delà*, *dessus*, *partout*, *auprès*, *loin*, *dedans*, *dehors*, *ailleurs* ; exemple : où *êtes-vous ? Je suis* ici : *je vais* là.

4° Il y a des adverbes de temps, comme *hier*, *autrefois*, *bientôt*, *souvent*, *toujours*, *jamais*, etc. Exemple : *cet enfant joue* toujours *et ne s'applique* jamais.

5° Il y a des adverbes de *quantité*, comme *beaucoup*, *peu*, *assez*, *trop*, *tant*, etc. Exemple : *il parle* beaucoup *et réfléchit* peu.

6° Enfin, il y a des adverbes de *comparaison*, comme *plus*, *moins*, *aussi*, *autant*, etc. Exemple : plus *sage*, aussi *sage*, moins *sage que vous*.

*Remarque*. Certains adjectifs sont quelquefois employés comme adverbes : on dit, chanter *juste*, parler *bas*, voir *clair*, rester *court*, frapper *fort*, etc.

## CHAPITRE IX. — La Conjonction.

*Remarque*. L'on a vu jusqu'à présent comment les mots se joignent ensemble pour former un sens ; les mots ainsi réunis font une *phrase* ou *proposition* : la plus petite proposition doit avoir au moins deux mots, le nominatif et le verbe, comme *je chante*, *vous lisez*, *l'homme meurt* ; souvent le verbe a un régime, comme *je chante un air*, *vous lisez une lettre*, etc.

La *conjonction* est un mot qui sert à joindre une phrase à une autre phrase ; par exemple, quand on dit : *il pleure* et *il rit en même temps* ; ce mot *et* lie la première phrase *il pleure*, avec la seconde, *il rit*.

### *Différentes sortes de conjonctions.*

1° Pour marquer la liaison : *et*, *ni*, *aussi*, *que*.

2° Pour marquer opposition : *mais*, *cependant*, *néanmoins*, *pourtant*.

3° Pour marquer division : *ou*, *ou bien*, *soit*.

4° Pour marquer exception : *sinon*, *quoique*.

5° Pour comparer : *comme*, *de même que*, *ainsi que*.

6° Pour ajouter : *de plus*, *d'ailleurs*, *outre que*, *encore*.

7° Pour rendre raison : *car*, *parce que*, *puisque*, *vu que*.

8° Pour marquer l'intention : *afin que*, *de peur que*.

9° Pour conclure : *or, donc, ainsi, de sorte que.*

10° Pour marquer le temps : *quand, lorsque, comme, dès que, tandis que.*

11° Pour marquer le doute : *si, supposé que, pourvu que, en cas que.*

Il y a plusieurs autres conjonctions : l'usage les fera connaître : la plus ordinaire est *que;* on distingue la conjonction *que* du *que* relatif, en ce qu'elle ne peut pas se tourner par *lequel, laquelle.*

### RÉGIME DES CONJONCTIONS.

Parmi les conjonctions, les unes veulent le verbe suivant au subjonctif, les autres à l'indicatif.

Voici celles qui régissent le subjonctif : *soit que, sans que, si ce n'est que, quoique, jusqu'à ce que, encore que, à moins que, pourvu que, supposé que, au cas que, avant que, non pas que, afin que, de peur que, de crainte que;* et en général quand on marque quelque doute ou quelque souhait, comme *je souhaite, je doute* que *cet enfant soit jamais savant.*

## CHAPITRE X. — L'INTERJECTION.

L'*interjection* est un mot dont on se sert pour exprimer un sentiment de l'âme, comme la joie, la douleur, etc.

La joie : *Ah! Bon!*
La douleur : *Aïe! Ah! Hélas! Ouf!*
La crainte : *Ha! Hé!*
L'aversion : *Fi! Fi donc!*
L'admiration : *Oh!*
Pour encourager : *Çà! Allons! Courage!*
Pour appeler : *Holà! Hé!*
Pour faire taire : *Chut! Paix!*

FIN

www.ingramcontent.com/pod-product-compliance
Ingram Content Group UK Ltd.
Pitfield, Milton Keynes, MK11 3LW, UK
UKHW032011260826
14628UKWH00005B/2415

9 782013 052405